불행이
나만 피해갈 리
없지

Bad luck does not discriminate.

한때는 세상이 행복으로 가득 차 보였지.
사탕을 고를 때 제일 맛있는 맛만 내게 올 것 같고 말이야.

Once the world seemed so bright.
It seemed as if every candy I choose would be the sweetest of them all.

어느 날 불행이 생각보다
가까이 있다는 걸 알게 돼.

But one day, I found bad lucks
closer than I thought.

생각보다 불행은 자주 예상치 못하게

More often than I thought, suddenly,

상상하지 못한 방법으로

in the least expected way,

어느 때나 어느 순간이나 어느 장소에서나

At any time, at any moment, at any place.

만나게 돼.

I find bad lucks.

너무하다 싶게 자주 일어날 때도

Even when it happens too often.

폭탄처럼 한꺼번에 와장창 터질 때도

Even when it bursts like a bomb all at once.

그럴 때는 생각해.

That's when I think.

맞아.
불행이 나만 피해갈 리 없지.

You're right.
Bad luck does not discriminate.

　　　　　작은 불행　　　　　큰 불행

　　　　　A little one.　　　　A big one.

다양한 불행

All sorts of them.

사탕 중에
제일 맛없는 사탕을 고르는 일이
계속 계속 계속

Choosing
the worst of all candies.
Again, again and again.

불행이 나만 피해갈 리 없지.

Bad luck does not discriminate.

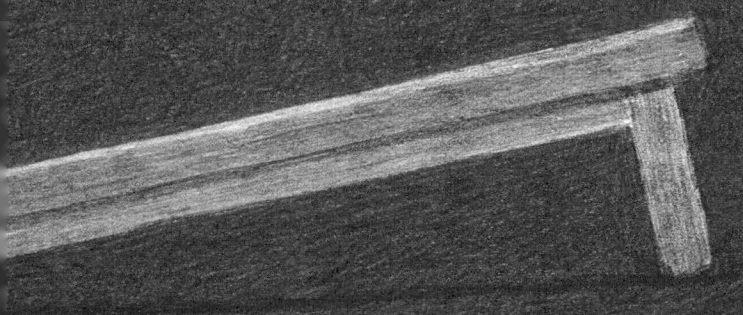

예상치 못하게
상상하지 못한 방법으로

Suddenly.
In the least expected way.

어느 때나 어느 순간이나 어느 장소에서나
폭죽처럼 파르르.

At any time, at any moment, at any place.
Like crackling fireworks.

그럴 때면 생각해.

That's when I think.

그래.

You are right.

글 정미진
늘 과도한 불안을 안고 살아
스스로 거는 주문처럼 이 이야기를 쓰게 되었습니다.
글을 쓴 그림책으로 <있잖아, 누구씨> <딸꾹> <딸은 머리> <무엇으로> 등이 있습니다.

그림 김소라
그림을 그리고 있습니다.
걱정 없이 오래도록 꾸준히 그림을 그릴 수 있길 바라고 있습니다.
그린 그림책으로 <있잖아, 누구씨>가 있습니다.

at|noon books

정오의 따사로움과 열정을 담은
어른들을 위한 그림책을 만듭니다.

불행이
나만 피해갈 리
없지

초판 1쇄 인쇄일 2019년 11월 1일
초판 4쇄 발행일 2024년 7월 2일

글   정미진
그림   김소라
펴낸곳   atnoonbooks
펴낸이   방준배
디자인   BBANG
번역   이은정
교정   문정화
등록   2013년 08월 27일 제 2013-000257호
주소   서울시 마포구 연남로 30

홈페이지   www.atnoonbooks.net
인스타그램 atnoonbooks
페이스북   atnoonbooks
트위터   atnoonbooks
유튜브   yt.vu/+atnoonbooks
연락처   atnoonbooks@naver.com

ISBN 979-11-88594-09-2 07810
이 책의 글과 그림의 일부 또는 전부를 재사용하려면
반드시 저작권자의 동의를 얻어야 합니다.
© 정미진, 김소라 2019

이 도서의 국립중앙도서관 출판예정도서목록(CIP)은
서지정보유통지원시스템 홈페이지(http://seoji.nl.go.kr)와
국가자료종합목록 구축시스템(http://kolis-net.nl.go.kr)에서
이용하실 수 있습니다. (CIP제어번호 : CIP2019039186)

정가 16,000원